臺灣詩學 25 週年 一路吹鼓吹

自然有詩

李桂媚 著

個人詩集 01

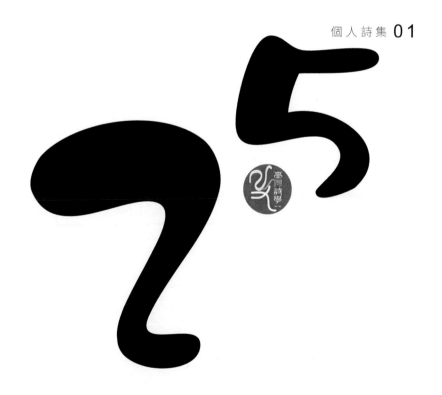

【總序】
與時俱進‧和弦共振
——臺灣詩學季刊社成立25周年

蕭　蕭

　　華文新詩創業一百年（1917-2017），臺灣詩學季刊社參與其中最新最近的二十五年（1992-2017），這二十五年正是書寫工具由硬筆書寫全面轉為鍵盤敲打，傳播工具由紙本轉為電子媒體的時代，3C產品日新月異，推陳出新，心、口、手之間的距離可能省略或跳過其中一小節，傳布的速度快捷，細緻的程度則減弱許多。有趣的是，本社有兩位同仁分別從創作與研究追蹤這個時期的寫作遺跡，其一白靈（莊祖煌，1951-）出版了兩冊詩集《五行詩及其手稿》（秀威資訊，2010）、《詩二十首及其檔案》（秀威資訊，2013），以自己的詩作增刪見證了這種從手稿到檔案的書寫變遷。其二解

自^然_有詩

昆樺（1977-）則從《葉維廉〔三十年詩〕手稿中詩語
濾淨美學》（2014）、《追和與延異：楊牧〈形影神〉
手稿與陶淵明〈形影神〉間互文詩學研究》（2015）到
《臺灣現代詩手稿學研究方法論建構》（2016）的三個
研究計畫，試圖為這一代詩人留存的（可能也是最後
的）手稿，建立詩學體系。換言之，臺灣詩學季刊社從
創立到2017的這二十五年，適逢華文新詩結束象徵主
義、現代主義、超現實主義的流派爭辯之後，在後現代
與後殖民的夾縫中掙扎、在手寫與電腦輸出的激盪間擺
盪，詩社發展的歷史軌跡與時代脈動息息關扣。

　　臺灣詩學季刊社最早發行的詩雜誌稱為《臺灣詩學
季刊》，從1992年12月到2002年12月的整十年期間，發
行四十期（主編分別為：白靈、蕭蕭，各五年），前兩
期以「大陸的臺灣詩學」為專題，探討中國學者對臺灣
詩作的隔閡與誤讀，尋求不同地區對華文新詩的可能溝
通渠道，從此每期都擬設不同的專題，收集專文，呈
現各方相異的意見，藉以存異求同，即使2003年以後
改版為《臺灣詩學學刊》（主編分別為：鄭慧如、唐
捐、方群，各五年）亦然。即使是2003年蘇紹連所闢
設的「臺灣詩學‧吹鼓吹詩論壇」網站（http://www.

taiwanpoetry.com/phpbb3/），在2005年9月同時擇優發行紙本雜誌《臺灣詩學‧吹鼓吹詩論壇》（主要負責人是蘇紹連、葉子鳥、陳政彥、Rose Sky），仍然以計畫編輯、規畫專題為編輯方針，如語言混搭、詩與歌、小詩、無意象派、截句、論詩詩、論述詩等，其目的不在引領詩壇風騷，而是在嘗試拓寬新詩寫作的可能航向，識與不識、贊同與不贊同，都可以藉由此一平臺發抒見聞。臺灣詩學季刊社二十五年來的三份雜誌，先是《臺灣詩學季刊》、後為《臺灣詩學學刊》、旁出《臺灣詩學‧吹鼓吹詩論壇》，雖性質微異，但開啟話頭的功能，一直是臺灣詩壇受矚目的對象，論如此，詩如此，活動亦如此。

臺灣詩壇出版的詩刊，通常採綜合式編輯，以詩作發表為其大宗，評論與訊息為輔，臺灣詩學季刊社則發行評論與創作分行的兩種雜誌，一是單純論文規格的學術型雜誌《臺灣詩學學刊》（前身為《臺灣詩學季刊》），一年二期，是目前非學術機構（大學之外）出版而能通過THCI期刊審核的詩學雜誌，全誌只刊登匿名審核通過之論，感謝臺灣社會養得起這本純論文詩學雜誌；另一是網路發表與紙本出版二路並行的《臺灣詩

自^然_有詩

　學・吹鼓吹詩論壇》，就外觀上看，此誌與一般詩刊無異，但紙本與網路結合的路線，詩作與現實結合的號召力，突發奇想卻又能引起話題議論的專題構想，卻已走出臺灣詩刊特立獨行之道。

　　臺灣詩學季刊社這種二路並行的做法，其實也表現在日常舉辦的詩活動上，近十年來，對於創立已六十周年、五十周年的「創世紀詩社」、「笠詩社」適時舉辦慶祝活動，肯定詩社長年的努力與貢獻；對於八十歲、九十歲高壽的詩人，邀集大學高校召開學術研討會，出版研究專書，肯定他們在詩藝上的成就。林于弘、楊宗翰、解昆樺、李翠瑛等同仁在此著力尤深。臺灣詩學季刊社另一個努力的方向則是獎掖青年學子，具體作為可以分為五個面向，一是籌設網站，廣開言路，設計各種不同類型的創作區塊，滿足年輕心靈的創造需求；二是設立創作與評論競賽獎金，年年輪項頒贈；三是與秀威出版社合作，自2009年開始編輯「吹鼓吹詩人叢書」出版，平均一年出版四冊，九年來已出版三十六冊年輕人的詩集；四是興辦「吹鼓吹詩雅集」，號召年輕人寫詩、評詩，相互鼓舞、相互刺激，北部、中部、南部逐步進行；五是結合年輕詩社如「野薑花」，共同舉辦詩

展、詩演、詩劇、詩舞等活動，引起社會文青注視。蘇
紹連、白靈、葉子鳥、李桂媚、靈歌、葉莎，在這方面
費心出力，貢獻良多。

　　臺灣詩學季刊社最初籌組時僅有八位同仁，二十五
年來徵召志同道合的朋友、研究有成的學者、國外詩歌
同好，目前已有三十六位同仁。近年來由白靈協同其他
友社推展小詩運動，頗有小成，2017年則以「截句」
為主軸，鼓吹四行以內小詩，年底將有十幾位同仁（向
明、蕭蕭、白靈、靈歌、葉莎、尹玲、黃里、方群、王
羅蜜多、雲朵、阿海、周忍星、卡夫）出版《截句》
專集，並從「facebook詩論壇」網站裡成千上萬的截句
中選出《臺灣詩學截句選》，邀請卡夫從不同的角度
撰寫《截句選讀》；另由李瑞騰主持規畫詩評論及史料
整理，發行專書，蘇紹連則一秉初衷，主編「吹鼓吹詩
人叢書」四冊（周忍星：《洞穴裡的小獸》、柯彥瑩：
《記得我曾經存在過》、連展毅：《幽默笑話集》、諾
爾‧若爾：《半空的椅子》），持續鼓勵後進。累計今
年同仁作品出版的冊數，呼應著詩社成立的年數，是
的，我們一直在新詩的路上。

　　檢討這二十五年來的努力，臺灣詩學季刊社同仁入

社後變動極少，大多數一直堅持在新詩這條路上「與時
俱進‧和弦共振」，那弦，彈奏著永恆的詩歌。未來，
我們將擴大力量，聯合新加坡、泰國、馬來西亞、菲律
賓、越南、緬甸、汶萊、大陸華文新詩界，為華文新詩
第二個一百年投入更多的心血。

2017年8月寫於臺北市

【推薦序】
找到自己的光
──讀李桂媚詩集《自然有詩》

向陽

　　這本詩集的作者李桂媚，是我在國立臺北教育大學
臺文所教書的學生，也曾擔任過我的國科會研究計畫助
理。我認識她時，只知道她大學讀的是印刷系，喜歡設
計、作畫和書法；她告訴我她大學時參加了我曾擔任社
長的「華岡詩社」，自然也是喜歡現代詩的文青。她的
碩論《臺灣新詩標點符號運用──以彰化詩人為例》，
由陳俊榮（詩人孟樊）指導，我是口試委員，這才知道
她對與現代詩形式有關的「標點符號」有很深、很廣的
興趣及研究；但我沒想過，有一天她會下筆寫詩，並且
愈寫愈高興，愈有心得，而且寫出了她的第一本詩集。

　　誠如詩集名為《自然有詩》，這是桂媚這幾年來浸

自^然有_詩

潤於詩的閱讀、論述、編輯和活動之後「自然」而生的詩。詩集內的諸多詩作，應該都是她有感而發，情動於中，自自然然寫出的作品。收在書中的詩，不矯揉，不造作，以抒情手法，寫個人的生命和生活，順手拈來，或寫心事，或寫想望，乃至於青春之夢，都真實又帶點浪漫地呈現了她初學寫詩的純真。這些作品都收於本書卷一「心印」，寫作時間從2005～2014。

　　但儘管是初期習詩之作，桂媚因為多年讀詩，默記於心，落筆又與一般剛開始寫詩者不同。她的語言簡練，情感醞釀於心，知道有所約束，因此不流於濫情，能以簡約語言傳遞繁複心緒。如〈尋〉末段：「可是夢想都郵寄給了未來／小小的現在／只能走進書本流浪」；〈思念〉末段：「這是一種習慣：／每逢從暖到冷的瞬間／記憶裡　擁抱／橘子色調的默契」；〈心印〉第二段：「晴轉陰　是飛行的季節／穿越烏雲的左心房／才能遺忘／天空的高度」；〈心事〉收尾：「一池綠意叩問著／夏日的嫣紅」；〈思〉的末兩句：「銀白色的地平線是為了／空下　給你的位置」……等，語言的使用、意象的翻轉，都已臻於成熟。

　　詩集卷二「求證」，收2015年作品15首，已經漸入

佳境。這集詩作逐漸褪下浪漫情懷，觸探語言和外在世界對話的可能，第一首〈求證〉以微積分、實驗室入詩，最後用以印證／映襯詩的追求一如：「玻璃心豢養文字／在小宇宙演繹詩人夢／沒有人能運算或者證明」，就成功地凸顯了文學與科學路徑的差異；〈終點〉以佛經、燭火、木魚、菩提葉等意象的串聯，寫活了「圓寂」：

　　有人在案上誦經
　　每一句都是揮別的預習
　　燭火點燃夜的慈悲
　　木魚驅逐昨日的眼淚
　　當菩提葉緩緩滑落
　　他擁抱自己
　　坐成了一個圓

　　這是難寫之詩，桂媚成功地表現了追求理想一如宗教，都有著悲欣交集、哀喜渾然的過程。詩中營造的境界，通過「燭火點燃夜的慈悲／木魚驅逐昨日的眼淚」而顯得更加高拔；〈突圍〉也是一首好詩，這首詩以自然界的雨、白雲、風，以及晚上的月光、白天的日光，

在時間軸上交互對照，隱喻詩的形成，相當成功。從浪漫抒情到象徵與隱喻的活用，也可看出桂媚詩作的進境。

　　詩集卷三「向陽」，收近年之作19首，始於〈午後〉，而以臺語詩作〈走揣你的名〉終篇。這一卷佳作也不少，如〈捉迷藏〉、〈穿越23度半〉、〈停電〉、〈漸暖〉這幾首，都以小詩的處理，經由意象的轉折，晶瑩剔透，而又意在言外，如〈捉迷藏〉：「沒有人。在樹上／把記憶的葉子躲成披風／隨樹枝輕輕搖動／讓全世界都找不到我」就老練而成熟，可以玩味再三。

　　以十二年的光陰，始得詩集一冊，這寫作時間也真漫長；從習作到找到自己的語言，從單純的抒情浪漫到建立具有生活厚度、題材寬度和美學深度的自我風格，則需要更久的琢磨和提煉。但無論如何，桂媚已經踏出了詩創作的第一步，給出了漂亮的成績。作為她的老師，我很愧疚未能在她展開創作的階段提供任何指導，卻很欣慰於她終於找到了自己的光，並因為這光，可以篤定地走在前往夢想的路上。是為序。

【推薦序】
圖像時代的文字演出
——序桂媚《自然有詩》

丁旭輝

　　桂媚該是當下最有行動力的年輕詩人之一了，同時她也長於與詩相關的諸多設計，認識她的幾年來，我見識了她不少與詩相關的動態與靜態設計、作品、活動、評論，不過一次讀到她這麼多詩作，倒是第一次。在不算少的閱讀經驗中，我很少能如此愉悅而自在的，不見得是因為詩短的關係，而是因為不需動用心機、不需拆招解謎，只要單純地欣賞、隨意地想像，有圖看圖，無圖看字，桂媚詩中文字多的是顏色、線條、光影、氣味、聲音、靜態的圖片與動態的影像。

　　這是圖像當道的時代。年輕世代的詩人在虛實交錯、聲色交織、光影交爍的圖片影像中成長，不再如他

們的前輩一樣，在意象與結構、布局中咬文嚼字、挪移乾坤，而是隨聲流轉、隨色傾瀉、隨形伸展，捕捉後現代的時間碎片與空間當下，自在呈現他們的書寫。在這樣的時代讀詩，單純一些，清淨一些，享受一些，作為讀者的福報也就多一些。詩人自然有詩，我們只需自然讀詩。

　　過去讀詩論詩，動輒千言萬語，下筆不能自休，念佛修行之後，一切都向清淨止語中求；「止語」當然是一時難以企及的境界，但少語已成習慣了。這短短的序，除了見證桂媚詩作的軌跡，也見證我自己心路的軌跡。

【推薦序】
詩人有夢，向陽無盡

王厚森

　　在寫詩、讀詩、評詩的路上，桂媚始終是我最要好與堅強的戰友。我們的相識源自於多年前，她為一篇我所寫風車詩社的論文，所捎來的一封信。當時我還是個博士班二年級的學生，如今一下子十多年過去了，我們也一同在詩國與學術的道路上前進不少。稍前，她曾為我出版的兩部詩集《搭訕主義》（2011）、《隔夜有雨》（2014）撰寫評論、繪製插畫，而今終於輪到她要出版個人首部詩集《自然有詩》，我自然要獻上衷心的祝福，並略述對她詩創作歷程與詩作的觀察。

　　《自然有詩》分為三卷，收錄2005年迄今的詩作共46首。【卷一　心印：2005-2014】收錄作品11首，【卷

二　求證：2015】有15首，【卷三　向陽：2016-2017】則有20首。之所以會有這樣的分布，實是因為在詩的道路上，年輕的桂媚早給了自己「詩評界拉斐爾」的期許。因此，她在詩評、詩論、詩傳記上用力頗深，不但撰寫一系列新詩色彩學的論文，也在2016年入選彰化縣作家作品集，出版《詩人本事》一書，描繪其10年來對吳晟、蕭蕭、康原、林武憲、岩上、向陽等幾位前輩詩人的觀察。

　　桂媚的創作以短詩為主，意象相當鮮活且文字頗具畫面性，這與她熱愛繪畫、攝影，喜歡從日常生活片段的觀察與捕捉，探尋詩生活的深刻意義密切相關。這本詩集的諸多詩作都搭配著照片呈現，圖與文在互文中也創造出更大的詮釋空間。整體來看，踏上詩道路的最初十年間，桂媚並不刻意甚至可以說是隨興的偶一為之。這個時期的她更熱愛於讀詩、品詩，並讓詩成為生命中不可或缺之一環。這也是【卷一】的同名詩作〈心印〉所說的：「當四季的濃淡／鋪染為生命的花雨／過往於是有了色彩的延續」。

　　詩是生活中最純粹的美好，也是青春、歲月、足跡的美好延續。時序進入2015年，桂媚參與了幾個詩刊、

詩集的編輯與插畫繪製，其創作也開始大量湧現。作為
一名知心好友，我以為天生足具詩人氣質的桂媚，在等
待的始終是一個啟動自我小宇宙的契機。當關鍵的鑰匙
轉動，詩人也正式宣告著她的出發，那動人的時刻即如
〈啟程〉所言：

　　　湖水綻放著花雨
　　　山影顫動了林徑
　　　我們的星空是未來的地圖
　　　每一個座標都會發光

　　綜觀桂媚多年來的創作，我認為有兩個主軸是她
在詩中不斷觸及且反覆強調者：一是詩人夢的追逐、形
成與對話，一是黑暗中不斷向陽的心靈空間。作為一名
詩國的旅者，桂媚從不諱言其對於詩的熱愛以及詩人夢
的追尋，在她的諸多作品裡都可以看到這樣的印跡。在
早期的〈尋〉中她說：「用逶迤的記憶拼成地圖／每當
觸動思念座標／就能看見／詩光閃閃」。作為首卷卷末
之作的〈我以為〉中她憂慮著：「我以為我已經是詩人
了／回首卻拿不出一首詩」。或許是這樣的回首，讓桂

媚重新檢視自己的詩人夢，並且在卷二的同名詩作〈求
證〉裡，表白了詩心難以用數理的法則運算，卻讓詩人
傾盡一生的複雜心境：

微積分繁殖規則
在極限值兩端
三角或者反三角

實驗室灌溉假設
在分子與量子之間
顯微或者放大

玻璃心豢養文字
在小宇宙演繹詩人夢
沒有人能運算或者證明

同樣的，我們可以在〈牧神的午後〉中看到「我們
踩過水的漩渦／把自己典當給詩」，在〈突圍〉裡目睹
「終點線外／有一首／被日光紋身的詩」，在〈守候〉
中相遇「時間飄來花香／誰能打撈此生／永不退潮的

詩人／夢　　上岸」，在〈黑暗有光〉中凝望「當光走過長廊／眼淚就藏進相框／小小的天地裡／黑暗／滾滾成詩」。至於〈有水才有夢──向吳晟老師致敬〉、〈海宮長堤──寫給嚴忠政〉是向吳晟、嚴忠政這兩位鍾愛的詩人致敬，〈筆記──記東南詩歌吟誦會〉則是記錄一場詩人們的盛會等。

　　同樣值得關注的是，「向陽」一直是桂媚詩創作的重要關鍵詞。一來，詩人向陽是她創作與學術之路的引導者和啟發者；二來，「向陽」這個詞彙本身就蘊含著告別黑暗、迎向黎明的心靈想望。所以，這本詩集的【卷三】即名之為「向陽」，集子裡頭也有5首詩作出現「向陽」二字。我們在〈打卡〉裡可以看到「他或她就留下鞋印／演繹月光或者／向陽」，在〈悄悄話〉中則是「偷偷栽種玫瑰／在另一個世界／如此向陽」，〈在記憶的繭中等待〉傾訴著的是「窗口如何凝結昨日溫暖／或許是天空太白／白到我們忘了向陽」，前述的〈守候〉裡也有「在向陽處擰乾／前世淚痕」，至於同名詩作〈向陽〉則是清楚的告訴我們，詩與向陽從就是不可分開的兩者：

門縫蜿蜒了時光
摺出一條詩的小徑
迎接光明

　　當詩成為一種光明的指引，詩人的夢當然要繼續的
燃燒下去，且奮力向前、永不回頭。

2017/7/18

目　次

卷一｜心印：2005-2014

卷二 ｜ 求證：2015

卷三 │ 向陽：2016-2017

自^然_有詩

心印：
2005-2014

自然有詩

新 生

過去的過去
不經意滑落
回憶裡的痂
變成精采

明天的明天
點燃荒煙
所幸看見
繁花的無盡

現在的現在
每一抔日光
都是黎明的引渡

自然有詩

尋

想要乘著飛行票根
迎風轉身離去
想要保存時光風景
釀成畫布的色彩

小小的現在
走進書本流浪
在轉角以光擲出
鏗然的回聲

用迤邐的記憶拼成地圖
每當觸動思念座標
就能看見
詩光閃閃

自然有詩

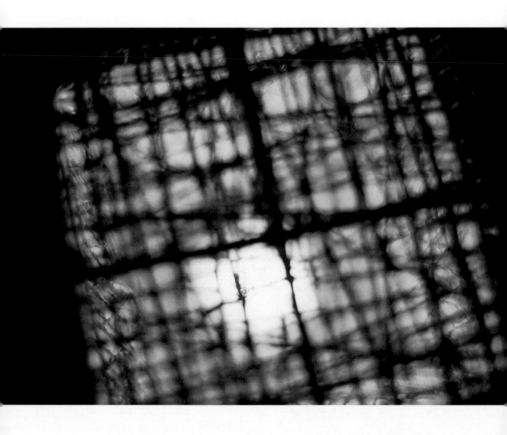

思 念

調色盤被遺忘在玻璃櫃裡
眨眼偷走了夢境的色彩
曾經絢麗的筆筆靈光
循著時間足跡　忽明忽滅

這是一種習慣：
每逢從暖到冷的瞬間
記憶裡　擁抱
橘子色調的默契

情 畫

緣份是畫家錯潑的墨

小心翼翼之外的美麗

當宣紙一絲絲染上情意

我們發酵為畫布裡的湖光山影

從此　墨不再是墨

每一葉落英都是故事

每一波漣漪都通往幸福

　　　　　　——本詩選入《台灣詩人手稿集》

心 印

旅人在時間字帖裡

臨摹　夢的寫法

晴轉陰　是飛行的季節

穿越烏雲的左心房

才能遺忘

天空的高度

當四季的濃淡

鋪染為生命的花雨

過往於是有了色彩的延續

　　　——本詩選入《彰化縣百載百詩得獎作品專輯》

自然^然_有詩

執

羊腸弦的獨白
緩緩流過
時間紋理砌上的牆

三百年過去
風依舊嗡嗡響著
卻沒有人看見
門縫中不確定的
嘆息……

傾一生眼淚是為了
不讓夢落幕

自然有詩

心 事

望不穿的夢
在恬靜的草原
漂流

風將記憶吹成了糖
雨把時間結成了花
撩開天空的腳印
遠山會不會有倆人的風景

窗台裡的倒影悠悠晃晃
一池綠意叩問著
夏日的嫣紅

——2014年9月《吹鼓吹詩論壇》19號
——2016年6月《台港文學選刊》第331期

自然有詩

青 春

如果細雨是昨日的輕嘆
月光是漂流的憂傷
你蒼茫的背影
就是望不穿的森林

當斑駁的記憶
隨時間發酵
我離去的樹影，能否開出
一朵木色的花

──2016年6月《台港文學選刊》第331期

自然_有詩

黎明之前

在上帝的夢裡
月光忘了帶琴
星星在絃與絃之間跳房子
休止符忙著躲貓貓

音色在不能言語的玻璃罐中
褪去色彩　歸於沉寂
（我不知道你不知道）

天空的雲仍在發光
是時候渡河了

──2016年12月《野薑花詩集季刊》第19期

思

浪花不小心轉了身
畫出新的海平面

心盤旋在燈塔的窗沿
尋找飛行的高度

銀白色的地平線是為了
空下　給你的位置

——2016年12月《野薑花詩集季刊》第19期

自^然_有詩

我以為

我以為白馬帶我跨越了水牆
抬頭卻是一片火牆

我以為白龍帶我飛越了火牆
低頭仍是水牆一片

我以為我已經是詩人了
回首卻拿不出一首詩

求證：
2015

自然有詩

求 證

微積分繁殖規則
在極限值兩端
三角或者反三角

實驗室灌溉假設
在分子與量子之間
顯微或者放大

玻璃心豢養文字
在小宇宙演繹詩人夢
沒有人能運算或者證明

自然_有詩

寂

風在眉間蕭蕭
心頭的枝枒　輕聲唱和畫下
指針透明的某個樂章

天亮前的細雨滴答
把昨日滑落的足印
刷白為思念

不語的雨
是我的嘆息
你依舊聽不見的
那一道風景

――2015年3月《吹鼓吹詩論壇》20號

自 **然** 有 **詩**

啟 程

乾枯的枝枒是跳躍的音符
反覆擱淺天際的流星
當吊橋眨眼的時候
森林就在前方

湖水綻放著花雨
山影顫動了林徑
我們的星空是未來的地圖
每一個座標都會發光

——2015年6月《吹鼓吹詩論壇》21號

終 點

有人在案上誦經
每一句都是揮別的預習

燭火點燃夜的慈悲
木魚驅逐昨日的眼淚

當菩提葉緩緩滑落
他擁抱自己
坐成了一個圓

————2015年6月《吹鼓吹詩論壇》21號

記 驛

乘著火車的翅膀
臉書沒有距離
在遇見命定之人以前
家，是唯一的終點

望不穿盧山的天光
參不透雲影的徘徊
只好畫一道彩虹
讓雨季在金山寺降臨
還好，誰都不是蛇

自 然 有 詩

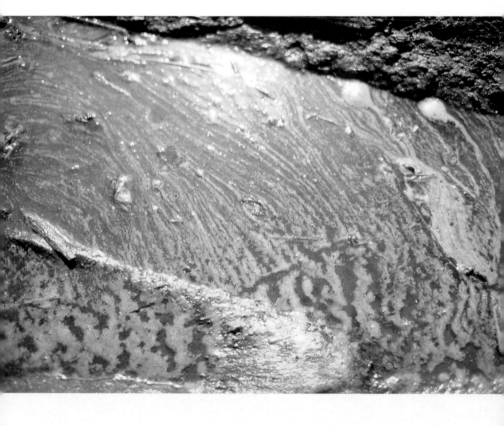

牧神的午後

雨季　灰藍藍地
在沒有花的花園
用星辰交換柵欄與蒼白

我們踩過水的漩渦
把自己典當給詩

懷表仍在綠茫茫的小徑上
沒有人看見
兔子穿著西裝跳過
洞口的盛夏

——2015年6月《野薑花詩集季刊》第14期
——2016年6月《台港文學選刊》第331期

無 畏

融化一小團雪的心情
能否點亮昨日
風的聲音

當天地消失
在霧的渺茫裡
別怪笛聲走得太急

越行越遠的
青春　就是追尋
火光的距離

——2015年9月《吹鼓吹詩論壇》22號

導盲犬

每一枚紅色背心的
腳印　都是
黑夜過後的眼睛

———2016年3月《吹鼓吹詩論壇》24號

情 書

秋風旋舞
筆尖包裹著
芸芸眾生的淚花

誰將喚醒
滿池的飄零
彩繪出七彩光譜

相思就在
落葉轉身之間
忘懷世界

——2015年12月《野薑花詩集季刊》第15期

自 然 有 詩

打 卡

時間在臉書的章回畫圈

欲望與失望重重疊疊

翻開楔子　聽說

從火星出走的文字

瘦到　只剩一枚

表情符號

嘟起嘴的藍色拇指

還來不及說書

他或她就

留下鞋印

演繹月光或者

向陽

悄悄話

北斗星終究迷失
在白色年代
心跳不忍變成嘆息
黑暗中
月光一波一波襲來
向墜落飛行
且學習
偷偷栽種玫瑰
在另一個世界
如此向陽

自然有詩

在記憶的繭中等待

軟綿綿的文字雲
是左心室寄託的房間
在記憶裡繰繭

月光銀閃閃等待
天花板變成星空飛旋
點綴大海與影子

窗口如何凝結昨日溫暖
或許是天空太白
白到我們忘了向陽

——2016年1月《乾坤詩刊》第77期

突 圍

手指是下雨天
唯一的白雲
輕輕簇擁
風　就啟程

我向風鈴預借音符
泅泳過銀色月光
記憶　仍有
幾分反光

終點線外
有一首
被日光紋身的詩

自然有詩

守 候

多少月光才能
釀成一池憂傷

荊棘蜷伏玫瑰
藤蔓牽引青鳥
在向陽處
擰乾
前世淚痕

時間飄來花香
誰能打撈此生
永不退潮的詩人
夢　　上岸

——2016年6月《台港文學選刊》第331期
——2017年3月《吹鼓吹詩論壇》28號

有水才有夢
——向吳晟老師致敬（華語＋台語）

如果田邊沒有水
家鄉的花朵還能不能恰水
「無用的詩人」出力喊
一日攔一日
仰望那條長長的溪
繼續流過咱的土地

如果天際不見光
作田人的希望敢會浮光
用心寫落
「向太陽控訴、向天公控訴」
一暝攔一暝
仰望天公佮日頭
守護阮心內的夢

註：吳晟曾發表詩作〈無用的詩人──向太陽控訴、向天
　　公控訴〉

──2015年12月《吹鼓吹詩論壇》23號

自 然 有 詩

向陽：
2016-2017

自然_有詩

午 後

樹用落葉寫詩
每一片離別
都是玫瑰

風以落葉寫詩
每一回飛舞
都是蝴蝶

水在落葉寫詩
每一道滂沱
都是彩虹

我為落葉寫詩
每一格思緒
都是鑰匙

自^然_有詩

歸 途

倘若炊煙是粉撲
夕陽如何為田梗上腮紅
街燈會不會成鏡
把影子映作思念的眉筆

米在鍋中加溫
水在瓶中沈靜
我在碗中
等待餐桌團圓

歲月就在溪流

彼岸

靜待肉身

歸去

──2016年3月《野薑花詩集季刊》第16期
　　──本詩選入《野薑花五周年詩選》

創作者

女孩綻開深藍眼圈
背著青春
把綠色格子鑿成
夢的水井

反覆灌溉
種在玫瑰田裡的
一小朵
向日葵

而貓眼放逐黑夜
筆鋒穿越天光
昨日沉睡的靈魂舒展
彎腰聆聽
黎明前的天籟

——2016年6月《野薑花詩集季刊》第17期

自然有詩

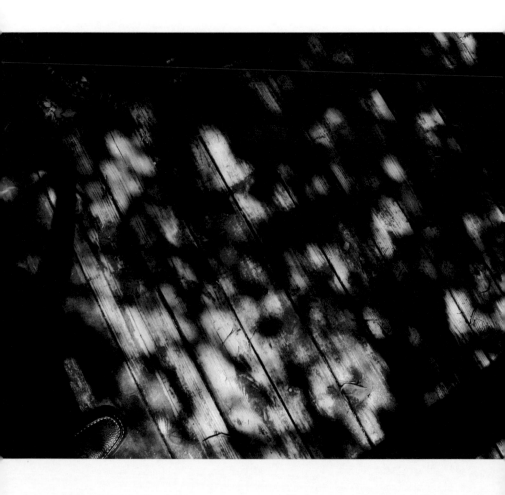

捉迷藏

沒有人。在門後
拉時間的窗簾遮掩
假裝是一陣風
讓全世界都找不到我

沒有人。在樹上
把記憶的葉子躲成披風
隨樹枝輕輕搖動
讓全世界都找不到我

所有人都在倒數
九十九、一百……
下一秒鐘鬼就要出來了
誰出局？

——2016年9月《吹鼓吹詩論壇》26號

失 溫

你遞給她一支傘
那天，白雲太過悲傷
在天空哭泣

你送給她一束玫瑰
這天，人行道太過擁擠
連呼吸都灼熱

她在等你一起回家
昨天，紅綠燈太過焦急
咬下一地傷痕

她寫給你的留言
今天，餐桌太過孤單
筷子少了一雙

她還來不及吻你
明天，已框成
一張深白色照片

——2016年12月《吹鼓吹詩論壇》27號

文學乾杯
──記南投縣文學資料館

風是城市的眼淚
在沸騰的空氣中
裸奔

書名輕倚著畫框
在樓梯的年輪裡
漫步

一行行玻璃瓶
錯落為棋盤上的繆斯
鋪展出扇形緣份

當遠方的茶香
飄揚起文字
心與心就在山林間
寫下晶瑩的月色

自然有詩

穿越23度半

在背離日光的最初
北迴歸線把心情
捲成邊界之藍
不需要張力或者方向
靜止就是生命
最好的穿越

月台的鳴笛終究成為
心跳最接近的頻率
你持二分之一張車票走來
日暑仰望星球運轉
白色影子頻頻叩問
夏至會不會是
流浪的終點

眷 戀

故事從切下一片心開始
胃酸冷冷流過聲帶
失去歌聲的美人魚
插著腰遊行

鞋子的痕跡還沒散去
碧海已成桑田
斑駁的空白是鏡子
眨眼穿透記憶
陽光仍在窗簾的百折間
尋找彩虹

——2016年12月《野薑花詩集季刊》第19期

停 電

風還在遠方
循著天空的痕跡
低迴著的
是閃電來了
又走
也帶走我們的光亮
只留下倉皇

自然_有詩

黑暗有光

當風拾獲夜色
離別就躲在檯燈
明滅的溫度間
靈魂
漸漸炙熱

當光走過長廊
眼淚就藏進相框
小小的天地裡
黑暗
滾滾成詩

自 然 有 詩

黑夜交疊

有與無交疊的黑夜
枱燈就是月亮
我們緊握右手的救生圈
偷窺另一張臉
與夢境並行

多遠的裂痕才能分離
那枚古老的發條
時間冷冷流過雙瞳
願望在抽屜裡迷了路

星空因開合而閃爍
宇宙是工具
偷偷畫下暴雨的影子
續借明日的晨光

自然有詩

向 陽

門縫蜿蜒了時光
摺出一條詩的小徑
迎接光明

自 ^然 _有 詩

晨 露

氤氳如夢
露水滲過琉光
一滴滴
把時間凝成
華彩

自 然 有 詩

漸 暖

小草褪去蒼顏
風藏在葉間
與日光交換
青春的體溫

夢 熊

棕熊走過城市
遠方的雪仍在發白
每一聲夢迴
都是森林的召喚

走進棕熊之夢
夜空隨髮鬢發亮
每一絲星光
都在等待春天發芽

海宮長堤
——寫給嚴忠政

海宮沒有大門
長堤下的浪花
是海龜與水手的密語

青空在水面
映下湛然的春色
細雨是此季
無聲的破綻

筆 跡
——記東南詩歌吟誦會

千水來潮
島與島用海浪
潑出逆風的墨痕
點染金秋

眾口發聲
詩與詩如飛泉
匯成發光的銀河
經緯雲天

我們自濁水溪
掬起笑聲
泥塑的筆心
緩緩開出小花

青春划過夢的波紋
白雨之夜
故事就在海角
另一端洄游

註：「千水來潮，眾口發聲」為2016濁水溪詩歌節東南詩
　　歌吟誦會活動名稱

──2017年3月《吹鼓吹詩論壇》28號

自然_有詩

遞嬗

春在花盆結蛹
含苞的露珠
是葉梢飛舞的蝴蝶

春從清晨甦醒
鳥語滿天
等待回音的回音

春由腦海萌芽
熾熱的日光
在草與草的間隙
灼下印痕

錯身

頻頻開闔的別離
識或不識
總是七世緣分
在眼波
化身同行的漣漪
溯著記憶起伏
若有所意
等待來生相連

——2017年3月《野薑花詩集季刊》第20期

走揣你的名

細漢的時，咱的地圖
是一片澎風的海棠葉仔
印佇薄薄的課本
無現此時的番薯
嘛毋知世界佮未來

真久真久以後
阮才知影
烏水溝是埋冤的所在
大員、台員、大灣
攏是你的名

大學的時陣
小說予我一支鎖匙
拍開福爾摩沙的扉仔

原來，咱的土地
西拉雅族叫伊台窩灣

時間親像海湧
浮浮沉沉的海島猶原美麗
阮徛佇二十一世紀
繼續走揣你的形影
等待番薯開花的清芳

【台音義注】

走揣：到處尋找

細漢：小時候

佇：在

現此時：現在

嘛毋知：也不知道

佮：和

知影：知道

所在：地方

攏是：都是

時陣：時候

予：給予

拍開：打開

屜仔：抽屜

親像：好像

海湧：海浪

猶原：仍舊

徛：站立

清芳：清香

【後記】
詩，自然有安排

　　身旁很多詩友都從中學就開始讀詩、寫詩，其實學生時代的我，既不常寫作，也不曾想過要當詩人，大學會加入華岡詩社只是因為一個約定，也或許該說，在文學的世界裡，詩，自然有安排。

　　救國團每年都會舉辦高中職詩歌朗誦比賽，當年學校還沒有相關社團，於是廣播號召有興趣的同學午休到音樂教室集合，再由國文老師篩選組隊，高二時因為午休不想睡覺，剛好雷找我陪他去集合，意外成為詩歌朗誦隊一員。

　　金燕老師在排練過程曾播大專生比賽錄影帶給我們看，高三最後一次參賽後，雷跟我約好大學詩歌朗誦比賽見，因此大一社團博覽會時，我跑到華岡詩社攤位前，問學長：「你們會參加救國團詩歌朗誦比賽嗎？」

自然有詩

鴻鵬學長說他們不曾參加過，人數足夠的話可以試試看，我雖然對現代詩一無所知，還是加入了華岡詩社。

沒想到雷去念的雲科大沒有現代詩社，我們大學四年也沒有看到任何大專生詩歌朗誦比賽訊息，然而，詩歌朗誦的友誼線並未就此中斷，我大三選修阿流學姐的詩選課，期中詩展的詩劇表演，雷透過錄音檔和我同台演出，後來更因為阿流學姐的鼓吹，我們組隊去台北詩歌節比賽。那一年詩歌節名為「尋找隱藏的詩人」，彷彿預示著我心中的詩人夢還未被喚醒。

如果說溪湖高中是我與詩結緣的開始，華岡詩社就是我認識台灣文學的起點，大學第一個學期，我在華岡詩社社團辦公室讀到一本小說——吳錦發的《流沙之坑》，收錄了描寫「陳文成事件」的〈父親〉，這段歷史帶給讀國編本長大的我很大的衝擊，也是我後來選擇台文所的契機。

另一方面，我在社辦閱讀了《台灣詩學季刊》第三十一期「圖象詩大展」，認識到現代詩的多元面貌，也在《台灣詩學季刊》讀到丁旭輝老師一系列探討台灣現代詩圖象技巧的論文，帶給我詩學研究的啟發。當時十九歲的我怎麼也想不到，五年後我會鼓起勇氣，打電

話到高雄應用科大邀請丁旭輝老師來當我的論文計畫口考委員，甚至十五年後，蕭蕭老師會邀請我成為台灣詩學吹鼓吹詩論壇的成員。

當年草山的詩光片影給了我報考台文所的指引，我幸運地錄取「傳說中的學長」向陽老師有兼課的國北師。一年後，向陽老師到國北教大專任，為我牽起更多詩的緣份，那些詩集上的名字，一一進入我的生活。

會報考國立台北教育大學台文所，單純是喜歡詩、想研究現代詩的信念，年輕的我還許下要當「詩評界拉斐爾」的願望，然而，當工科畢業的我展開研究所生活，每一門課程都是這人名沒聽過、那專有名詞聽不懂，每天頂著滿頭小問號回到宿舍，努力查資料釐清疑問的同時，也不禁開始懷疑念研究所的意義。

也許每一段迷路的篇章，都是為了尋找生命的出口而存在。幸運的是，我在研究所階段開始創作，雖然大部分的投稿都石沉大海，但寫詩、寫詩評的因緣，讓我認識了吳晟、蕭蕭、康原、林武憲、岩上等前輩詩人，他們的生命故事深深鼓舞了當時徬徨的我，成為我繼續從事文學研究的力量。

很多很多的偶然，匯集成了詩的細流，回首來時點

滴，就像向陽老師告訴我的：「詩，自然會為你打開一扇窗。」黃樹林裡的每一個交叉路口，都是生命的轉捩點，正因為有選擇、有想望、有挑戰，在人煙稀少的這條路上，踽踽行來才會充滿感動。謝謝那些喜悅或者悲傷的曾經，我知道，我仍在我的詩路上，詩，自然有安排。

李桂媚 2017／5／6

臺灣詩學25週年　個人詩集01　PG1872

自然有詩

作　　者 / 李桂媚
責任編輯 / 盧羿珊、辛秉學
圖文排版 / 莊皓云
封面設計 / 楊廣榕

發 行 人 / 宋政坤
法律顧問 / 毛國樑　律師
出版發行 / 秀威資訊科技股份有限公司
　　　　　114台北市內湖區瑞光路76巷65號1樓
　　　　　電話：+886-2-2796-3638　傳真：+886-2-2796-1377
　　　　　http://www.showwe.com.tw
劃撥帳號 / 19563868　戶名：秀威資訊科技股份有限公司
　　　　　讀者服務信箱：service@showwe.com.tw
展售門市 / 國家書店（松江門市）
　　　　　104台北市中山區松江路209號1樓
　　　　　電話：+886-2-2518-0207　傳真：+886-2-2518-0778
網路訂購 / 秀威網路書店：http://www.bodbooks.com.tw
　　　　　國家網路書店：http://www.govbooks.com.tw

2017年11月　BOD一版
定價：200元
版權所有　翻印必究
本書如有缺頁、破損或裝訂錯誤，請寄回更換

國家圖書館出版品預行編目

自然有詩 / 李桂媚著. -- 一版. -- 臺北市：秀威
資訊科技, 2017.11
    面； 公分. --(個人詩集；1)
  BOD版
  ISBN 978-986-326-460-6(平裝)

863.51   106014783

讀者回函卡

感謝您購買本書，為提升服務品質，請填妥以下資料，將讀者回函卡直接寄回或傳真本公司，收到您的寶貴意見後，我們會收藏記錄及檢討，謝謝！
如您需要了解本公司最新出版書目、購書優惠或企劃活動，歡迎您上網查詢或下載相關資料：http:// www.showwe.com.tw

您購買的書名：＿＿＿＿＿＿＿＿＿＿＿＿＿＿＿＿＿＿＿＿＿＿＿

出生日期：＿＿＿＿＿年＿＿＿＿＿月＿＿＿＿＿日

學歷：□高中 (含) 以下　　□大專　　□研究所 (含) 以上

職業：□製造業　□金融業　□資訊業　□軍警　□傳播業　□自由業
　　　□服務業　□公務員　□教職　　□學生　□家管　　□其它＿＿＿

購書地點：□網路書店　□實體書店　□書展　□郵購　□贈閱　□其他

您從何得知本書的消息？

　□網路書店　□實體書店　□網路搜尋　□電子報　□書訊　□雜誌

　□傳播媒體　□親友推薦　□網站推薦　□部落格　□其他＿＿＿＿＿

您對本書的評價：(請填代號　1.非常滿意　2.滿意　3.尚可　4.再改進)

　封面設計＿＿　版面編排＿＿　內容＿＿　文／譯筆＿＿　價格＿＿

讀完書後您覺得：

□很有收穫　□有收穫　□收穫不多　□沒收穫

對我們的建議：＿＿＿＿＿＿＿＿＿＿＿＿＿＿＿＿＿＿＿＿＿＿＿

＿＿＿＿＿＿＿＿＿＿＿＿＿＿＿＿＿＿＿＿＿＿＿＿＿＿＿＿＿＿＿

＿＿＿＿＿＿＿＿＿＿＿＿＿＿＿＿＿＿＿＿＿＿＿＿＿＿＿＿＿＿＿

＿＿＿＿＿＿＿＿＿＿＿＿＿＿＿＿＿＿＿＿＿＿＿＿＿＿＿＿＿＿＿

11466
台北市內湖區瑞光路 76 巷 65 號 1 樓

秀威資訊科技股份有限公司　　　收

BOD 數位出版事業部

....

（請沿線對折寄回，謝謝！）

姓　　名：_____　年齡：_____　性別：□女　□男

郵遞區號：□□□□□

地　　址：_____

聯絡電話：(日) _____　(夜) _____

E-mail：_____